11歳《さい》のバースデー

ぼくたちのみらい

3月31日 四季和也《しきかずや》

井上林子・作
イシヤマアズサ・絵

くもん出版

もくじ

スマイル　リップ　リップルル
スマイル　スマイル　リップルル
まっすぐ　ハート　いつまでも
みんなと　いると　うれしいな
きょうも　ハッピー　リップルデイ
リップ　リップ　リップップ　Ｃｈｕ《チュッ》！

（『スマイル・リップ』主題歌より）

11歳《さい》のバースデー

ぼくたちのみらい

3月31日 四季和也《しきかずや》

春山《はるやま》 ましろ
（5月8日生まれ）

夏木《なつき》 アンナ
（8月10日生まれ）

四季《しき》 和也《かずや》
（3月31日生まれ）

伊地知《いちじ》 一秋《かずあき》
（10月7日生まれ）

冬馬《とうま》 晶《あきら》
（12月25日生まれ）

1 春のさんぽ

新しいうわばき。

新しい給食《きゅうしょく》ぶくろ。

新しい連絡帳《れんらくちょう》。

新しいえんぴつ。

お昼ごはんを食べたあと、ぼくは、つくえの上に新しいものをならべました。

ぜんぶ、おとうさんが買ってくれたものです。あ、給食ぶくろは、おかあさんがつくってくれたものです。

「四季和也《しきかずや》」っていうぼくの名前も、ちゃんとぜんぶのものに書きました。

黒いペンが太くて、字がにじんで、つぶれたところもあるけど、ていねいに書きました。

ぜんぶ、ピカピカしています。

ぼく、もうすぐ六年生になるんです。その準備《じゅんび》をしているんです。

ふでばこをあけて、なかをのぞいてみました。

新しいけしゴム。新しいえんぴつが五本。さっき、えんぴつけずりでけずって、ふでばこにいれました。

おかあさんにピカピカのえんぴつを見せたら、

「これで、しっかり勉強《べんきょう》をがんばるのよ、かずちゃん」

って、いわれました。

勉強は苦手《にがて》ですけれど、ぼくはめがねをおさえて、うなずきました。

「はい、がんばります」

おかあさんが、カレンダーを見ていいました。

「今日は、かずちゃんの誕生日《たんじょうび》ね」

三月三十一日。

カレンダーの三十一日の下に、「かずちゃんの誕生日」って書かれています。

そして、ニコニコ笑《わら》ったぼくの顔がかかれています。

今日は、ぼくの十一歳《さい》の誕生日です。

そして、ぼくはあしたから六年生になるんです。

六年生に。

……あれ？

「おかあさん、あの、えっと、今日で、五年生のぼくは、おわるんですか？」

ぼくがきくと、おかあさんがいいました。

「そうねえ、終業式《しゅうぎょうしき》はおわったけど、三月いっぱいまでは五年生。始業式《しぎょうしき》はまだだけど、四月になったら六年生になるっていうことだものね。なら、五年生のかずちゃんは、今日までって、いうことになるわねえ」

ぼくは、少しのあいだ考えました。

「えっと、そうなんですか」

えっと、たぶん、ぼくは、いま、五年生と、六年生のあいだにいるっていうことなのかな。

ふしぎなかんじです。

六年生になるのはうれしいです。でも、六年生になったら、五年生のぼくはどうなるんでしょうか。五年生のぼくはおわって、いなくなってしまうんでしょうか。

「おかあさん、えっと、えっと、ぼく、ほんとうに……、今日までしか五年生でいられないんですか？」

「そうねえ」

おかあさんがいいました。

「かずちゃん、五年生がおわるの、さみしい？」

ぼくは考えました。

「うーん……、えーっと、えっと……、たぶん、はい」

うまくいえませんけれど、ぼくは、五年生でいられるのが、今日までっていうことが、びっくりで、ちょっとさみしくて、ふしぎでした。

まどから、風がふいてきました。

ちょっと前までつめたかった風が、少しあたたかくなりました。家の前の道にある木に、たくさんのつぼみがふくらんでいます。

さくらの花のつぼみです。

四月になったらマンカイにさくんだって、おとうさんが教えてくれました。

ちょっとだけ、なんこかさいているのがあります。

ぼく、すきです。

ピンク色のさくらの花。

だって、さくらの花って、とてもきれいで、それに、それに、まぶしいから。

はやくマンカイにならないかなあ。マンカイになったら、すごくきれいだろうなあ。でも、四月になって、さくらの花がきれいにさいて、マンカイになったら、ぼくは、五年生じゃなくなるんですね。

五年生のぼくが、どこかに行ってしまうなんて……。

ほんとうにふしぎです。

「あの、えっと、おかあさん、ぼく、ちょっと行ってきます」

「どこに行くの？」

「えーっと、えっと……、さんぽです」

「どこにさんぽに行くの？」

「えっと、えっと……、どこかです。五年生がおわる前に、行くんです」

足ぶみするぼくに、おかあさんがうなずいて笑《わら》いました。

「春のさんぽに行くのね」

「……春のさんぽ？　えーっと、えっと、たぶん、はい、そうです」

「車に気をつけて行ってくるのよ」

「はい、行ってきます」

ぼくはくつをはいて、玄関《げんかん》を出ました。

どこに行くかきめていませんけれど、あたたかい風がふいてくるほうに、歩いていきました。

春のさんぽです。

ぼくはいま、春のさんぽをしています。

さくらの花はまださいていませんけれど、町のあちこちに、春のにおいがします。

川の近くの道についたら、ちょうちょに会いました。黄色いちょうちょです。

「ちょうちょだ」

追《お》いかけて、道を曲《ま》がったら、どこかの家の庭《にわ》に、赤いチューリップがさいていました。

「チューリップだ」

緑《みどり》のしばふも、まぶしくかがやいています。

風があたたかくて、とても気持ちがいいです。

ぼくは鼻歌《はなうた》をうたいました。うたいながら、どんどん歩いていきました。

「ポケット・ロボスター」のアニメのさいしょの歌です。さいしょの歌がおわったら、今度《こんど》はおわりの歌をうたいました。

道ばたに、小さなむらさき色の花がさいています。名前はわかりませんけれど、たくさんさいています。

春って、いいな。

太陽がまぶしくて、くしゃみが出ました。

「あ」

見おぼえのある道が見えてきました。

ふたまた道です。

右に行くと、「たんぽぽスクール」があります。

「たんぽぽスクール」は、字を書いたり、運動《うんどう》の練習《れんしゅう》をしたりするところです。幼稚園《ようちえん》のときから通《かよ》っています。てんてんの線がいっぱい書かれたプリントに字を書く練習をしたり、パズルとか、ブロックとかであそんだりもします。

運動は、コキュウ法《ほう》とか、シンタイカンカクのトレーニングっていうのをしています。音楽にあわせてダンスをおどったりもします。

ぼく、ほかの人よりあまり体が動《うご》かなくて、運動が苦手《にがて》なんです。でも、ダンスをおどるのは、大すきなんです。とくに「ポケット・ロボスター」の音楽にあわせておどるときは、いちばん楽しいです。

でも、今日は「たんぽぽスクール」はお休みです。

ふたまた道の前に、たどりつきました。

左の道は、丘町《おかまち》小学校へ行く道です。道のまんなかに、小さな木のおうちがあります。なかに、おじぞうさまが立っています。いつも、学校に行くとき、ぼくは、このおじぞうさまを見ます。

おじぞうさまは、ぼくより小さくて、赤いエプロンをしていて、目をつむっています。おじぞうさまの前には、いつもきれいなおかしや、おだんごがおいてあります。

とても、かわいいおじぞうさまです。

おかしも、いつも、おいしそうです。

ぼくは、目をつむって、「なむなむ」といいました。

ここを通るとき、おとうさんも、おかあさんも、こうやっておじぞうさまにおいのりをするんです。だから、ぼくもしているんです。学校に行くときも、いそいでいないときはします。

ほんとうは、ちゃんとした、おいのりのことばがあるみたいですけれど、よくわかりません。だから「なむなむ」っていっています。

「なむなむ、でいいわよ。気持ちをこめればね」

って、おかあさんも前にいっていたから。

おかあさんと「たんぽぽスクール」に行くとき、おかあさんは、このふたまた道のおじぞうさまに、いつも長くおいのりをします。ぼくが目をあけてから、十秒《びょう》くらいまってても、ずっと目をつむっておいのりをしています。

おとうさんもそうですけれど、おかあさんのおいのりは、いつもとても長いです。

ぼくも、今日は長いおいのりをしてみようかな。

ぼくは目をつむって、「なむなむ」といってから、十秒まちました。そして、目をあけると、おじぞうさまの頭に、

「ちょうちょだ！」

黄色いちょうちょがとまっていました。

さっきのちょうちょでしょうか……。きっと、そうです。同じ黄色ですから。

それに、えっと、すごくきれいで、まぶしい羽根《はね》をしています。

ちょうちょが、ふわりととびました。

すごくはやく羽根《はね》が動《うご》いています。まばたきみたいです。目が追《お》いつきません。

ヒラヒラ、ヒラヒラ、ススス―、ススス―。

上に、上にあがっていきます。ちょうちょは、ふたまた道の、左の空にとんでいきました。

ぼくは、ちょうちょを追いかけて、左の道にむかいました。

この道をまっすぐ行けば、丘町《おかまち》小学校です。

ぼくが通っている小学校です。あ、でも、いま学校はお休みです。だって、春休みですから。行っても、だれもいないでしょう。

ぼくは、立ちどまりました。

「えっと、そういえば……、お休みの日の学校って、どうなっているんでしょう」

ぼくは、お休みの日の学校がどうなっているか、知りません。

だれもいないんでしょうか。先生たちもいないんでしょうか。

ぼくは、学校に行ってみることにしました。

休みの日の学校って、どうなっているんでしょう。

そういえば、夏休みの水泳《すいえい》教室のときも学校はお休みでした。だけど、先生たちはいました。担任《たんにん》の太田剛《おおたつよし》先生もいました。図書室があいている日もありました。給食室《きゅうしょくしつ》はしまっていましたけれど。

今日も、太田先生はいるのかな。

太田先生は、五年生のときの先生です。おじいちゃん先生で、いつもぼくのことを助《たす》けてくれました。ぼく、太田先生が大すきです。

去年《きょねん》の、春の遠足のとき、ぼくは五年三組の三班《ぱん》でした。そのときも、太田先生は、ぼくのことをすごく心配《しんぱい》してくれました。

「つかれたら休むんだぞ」とか。

「ちゃんと水を飲むんだぞ」とか。

いろいろいってくれました。

遠足は、班《はん》のみんなで八甲山《はっこうさん》にのぼりました。山道のとちゅうに立っている先生たちから、ハンコをもらいながらのぼる、けっこうたいへんな遠足でした。

ぼくは、あせをいっぱいかいて、何回も息《いき》が苦《くる》しくなりました。

そして、ぼくたち三班《ぱん》は、山道のとちゅうで、とてもたいへんなことになりました。同じ班の伊地知一秋《いちじかずあき》くんが、いなくなってしまったんです……。でも、同じ班の春山《はるやま》ましろちゃんと、夏木《なつき》アンナちゃんと、冬馬晶《とうまあきら》くんといっしょにがんばってさがして、一秋くんは見つかりました。一秋くんは、真《ま》っ暗《くら》なトンネルのなかにいました。そして、そこで、みんなでお弁当《べんとう》を食べたんです。

あのときのこと、ぼく、よくおぼえています。

雨がふってて、トンネルのなかが真っ暗で、とてもこわかったです。

だから、一秋くんが見つかって、ほんとうによかったって思いました。

「あ、学校だ」

丘町《おかまち》小学校が見えてきました。

フェンスのあみのむこうにプールが見えます。夏じゃないのに、プールには水がはいっています。緑色をしています。ちょっとさきにある校門のまわりに、さくらの木が見えました。ピンク色のつぼみが、ふくらんでいます。

ぷくぷくしています。

小さくてかわいいです。

うれしいなあ。

はやくさかないかなあ。

ぼくは、校門のなかにはいりました。

2 星のかけら

さくら並木《なみき》の道を、校庭《こうてい》のほうに歩いていくと、校舎《こうしゃ》のまどが見えました。

一階《かい》の職員室《しょくいんしつ》のまどです。なかに先生たちがいます。

春休みでも、先生たちは、学校にいるんですね。

あれ？

ガラリとまどがあいて、だれかが顔を出しました。

「おーい、四季《しき》くん」

「太田《おおた》先生！」

ぼくは、職員室のまどのほうに走っていきました。まどの前にあるヘチマの花壇《かだん》をふまないように、気をつけながら。

「四季《しき》くん、こんにちは。びっくりしたよ、まどから見えたから出てきたよ」

太田《おおた》先生は、にこにこ笑《わら》って、手をふってくれました。

「太田先生、こんにちは」

「なにをしているんだい？　おかあさんといっしょかい？」

「あ、えっと、ぼくひとりです。えっと、ぼく、春のさんぽをしているんです」

「春のさんぽ？」

「はい、春のさんぽです」

ぼくがうなずくと、太田先生は「ほお」といって、笑いました。

「あの、えっと、太田先生は、なにしているんですか？」

「先生は、新学期《しんがっき》の準備《じゅんび》をしているんだよ」

そういうと、太田先生は、職員室《しょくいんしつ》をふりかえりました。まどからのぞくと、
職員室は、とてもいそがしそうでした。大きな荷物《にもつ》をはこんでいる先生たちや、

たくさんの本やプリントが山づみになったつくえを、整理《せいり》している先生たちがいました。まどぎわの太田《おおた》先生のつくえの上にも、先生用の大きくてぶあつい教科書や、いろいろなものがおいてありました。

「新しい一年生も入学してくるし、クラスがえもあるしな」

「あ、はい、そうですね」

「四季《しき》くんも、とうとう六年生か、最上級生《さいじょうきゅうせい》だな」

「あ、はい、えっと……、ぼく、六年生の準備《じゅんび》、もう、やっています」

「そうなのか？　えらいなあ」

「はい、えっと、えんぴつとか、うわばきとか、給食《きゅうしょく》ぶくろに、もう、名前を書きました。あ、でも、えっと、何組のところは、書いていませんけれど……。でも、えっと、ぼく、六年生も、太田先生のクラスがいいなあ」

そういうと、太田先生が口を大きくあけて笑《わら》いました。

「そうかあ、うれしいことをいってくれるなあ。六年生は修学旅行《しゅうがくりょこう》もあるし、楽しいことがいっぱいあるぞ」
「修学旅行《しゅうがくりょこう》、楽しみです。あ……、でも、
ぼく、みんなについていけるかな」
「だいじょうぶだよ。どんなことでも、
みんなで助《たす》けあえばやっていけるよ」
「えっと、はい……。ぼく、いつもみんなに
助けてもらっています」
太田《おおた》先生がふわりと笑《わら》いました。
「四季《しき》くんも、みんなのことを助けているよ」
「え？」
太田先生は、びっくりすることをいいました。
ぼく、だれかを助けたことなんて、ないです……。
「四季くん、きみは気づいていないかもしれないけれど、先生はこの一年間、

きみの、とびきりのやさしさに助《たす》けられた子たちを何人も見てきたよ」

え？　そうなんですか……？

「だいじょうぶ。六年生になっても、四季《しき》くんは四季くんらしくがんばればいいんだよ」

「は、はい」

「それじゃあ、春のさんぽのつづきをしておいで。また新学期《しんがっき》にな」

「はい！」

なんでしょう？　ぼく、なんだか、ほめられたみたいです。

ぼくは、太田《おおた》先生に「さようなら」とあいさつをして、また歩きだしました。

六年生も、太田先生のクラスになれたらいいな。

どうか、なれますように——。

校庭《こうてい》のほうに歩いていくと、たくさんの人がいました。

明るい光の下で、野球《やきゅう》クラブの子たちが、走ったり、ボールをなげたりしています。みんな、おそろいのユニフォームとぼうしをかぶっています。

白いボールがポンポンはねて、バットにボールが当たる音がひびいてきます。

「オーライ」とか、「ナイスキャッチ」とか、かけ声もきこえてきます。

ターン、バシュッ。

バンッ、ヒューーッ！

野球ってかっこいいな。すごいな。

ぼくも、できたらいいな。

「あれ？」

校庭《こうてい》のはしっこに、野球クラブじゃない子たちがいます。

「あ、サッカーボールだ」

フェンスのむこうで、ふたりの男の子がサッカーをしていました。

ぼくは、めがねを鼻《はな》におしあててじっと見ました。

あれは、もしかして、

「晶《あきら》くん、一秋《かずあき》くん、おーい！」

大声でよんだら、晶くんが、手をふってくれました。

「おいでよ、和也《かずや》くん」

そばまで行くと、一秋くんの足の上で、サッカーボールがずっとはねていました。

冬馬《とうま》晶くんと、伊地知《いちじ》一秋くん。

一学期《がっき》、五年三組三班《ぱん》で、同じ班《はん》だった友だちです。一秋くんとは、二学期も同じ班でした。

「あの、晶くん、一秋くん、こんにちは」

「こんにちは、和也くんも学校にあそびに来たの？」

晶くんが、にっこり笑《わら》います。

「あ、えっと、ぼくは、あそびに来たんじゃなくて、えっと、春のさんぽをしているんです」

晶《あきら》くんが、ちょっと首をかしげました。

「春のさんぽ？」

「はい、春のさんぽです」

「なんか、いいね」

晶くんは、またにっこり笑《わら》いました。

でも、一秋《かずあき》くんは、ボールをずっとけったままです。

ぼくのことは一度《いちど》も見ません。

どうしたのかなって思っていたら、晶くんが教えてくれました。

「一秋くんは、いま、何回リフティングができるか数えてるさいちゅうなんだ」

「わあ、そうなんですか」

「もしかしたら、記録更新《きろくこうしん》できるかもしれないんだ。いまのところ、四十五回が最高《さいこう》なんだ」

「わあ、すごいですね」

晶《あきら》くんは、とても親切でやさしい人です。むかしは、あまりしゃべりませんでしたけれど、二学期《がっき》くらいから、だんだんしゃべるようになりました。それに、晶くんは、いざっていうとき、とてもたよりになるんです。春の遠足のとき、道に迷《まよ》って、暗《くら》いトンネルの奥《おく》にいた一秋《かずあき》くんを助《たす》けたのも、晶くんでした。

「えっと、えっと、じゃあ、ぼく、じゃましないようにします」

ぼくは、一秋くんのリフティングをじゃましないように、ちょっとはなれたところで、じっとすることにしました。

「三十八、三十九、四十……」

一秋くんの足の上を、サッカーボールが、きれいにポンポンはねていきま

す。足からぜんぜんボールが落《お》ちません。とてもじょうずです。魔法《まほう》みたいです。

「四十三、四十四、四十五……」

一秋《かずあき》くんは、すごい人です。

足もはやいし、運動《うんどう》もすごくよくできます。

春の遠足のときは、道に迷《まよ》ってたいへんでしたけれど、秋の運動会のときは、クラス対抗全員《たいこうぜんいん》リレーの五年三組A《エー》チームのアンカーになって、とてもはやく走っていました。あ、晶《あきら》くんも、B《ビー》チームのアンカーで、すごくはやかったです。

でも……。

むかしの一秋くんは、ちょっと、こわい人でした。授業中《じゅぎょうちゅう》さわいだり、太田《おおた》先生にさからったり、ぼくに、いやなことをいってきたりしていました。一度《いちど》、なぐられたこともありました。でも、一秋くんは、あとから「悪《わる》かった」って、あやまってくれました。そして、そのあとは、いやなことをしなくなりました。運動会《うんどうかい》のリレーのときも、「ビリでもいいから、がんばって走れ」って、はげましてくれました。

あのとき、ぼく、とてもうれしかったです。

一秋《かずあき》くんは、むかしより、とてもやさしくなりました。

カキーン！

野球《やきゅう》クラブのほうから大きな音がひびいて、野球ボールがとんできました。そのとき、一秋くんがふらっとバランスをくずして、サッカーボールがへんな方向《ほうこう》にとんでいってしまいました。

「くそっ」

「おしい」

一秋くんのリフティングの数は、四十八回でした。もう少しで五十回だったのに……。でも、でも、四十八回もすごいです。とてもすごいです。

ぼくも、できたらいいな。

一秋《かずあき》くんは、あせをかいて、おでこが光っていました。

「おまえも、ヒマ人だな」

サッカーボールをくるくる回しながら、一秋くんがぼくを見ました。

「いっしょにサッカーやるか？」

「はい！」

ぼくは、大きな声で返事《へんじ》をしました。

ぼくも、一秋くんや晶《あきら》くんみたいに、サッカーボールをけってみたいです。

一秋くんみたいにじょうずにはできなくても、ポーンって、思いっきりけってみたいです。

一秋くんがパスしたボールを、晶くんがうけて、ぼくにけってくれました。

ぼくは、ころがってきたボールを思いっきりけりました。と思ったら、からぶりでした。ボールは、ぼくのうしろにコロコロころがっていきました。

「おしいよ、和也《かずや》くん」

晶《あきら》くんがいいました。

「ボールをよく見ろ！」

一秋《かずあき》くんには怒《おこ》られてしまいました。

「ごめんね、ごめんね」

ボールを追《お》いかけて、ぼくは走りました。息《いき》があがって、あせがたれてきました。

「はやくパスしろ」

「ゆっくりでいいよ、和也くん」

「はい」

ポーン！

けったボールは、晶くんのいるところにも、一秋くんのいるところにもとんでいきませんでした。ぜんぜんちがう方向《ほうこう》にころがっていってしまいました。

ぼく、運動《うんどう》が苦手《にがて》なんです。はやく動《うご》けなくて、走るのも、おそいんです。

長い時間運動すると、ほかの人よりもすごくつかれてしまうんです。運動だけじゃありません。小さいときから、ボタンをとめるのも、ちょうちょむすびをむすぶのも、ハサミをつかうのも、おりがみをおるのも、ぼく、みんなより、ぜんぜんできませんでした……。

「どこけってんだよ」

「ごめんね、ごめんね」

「だいじょうぶだよ、和也《かずや》くん。すぐ追《お》いつくよ。一秋《かずあき》くんも、そんなに怒《おこ》らないの」

晶《あきら》くんが走りだすと、きゅうに一秋くんも走りだしてボールを追いかけていきました。競争《きょうそう》しているみたいです。かっこいいな。ちょっと、秋の運動会《うんどうかい》のリレーのことを、思いだしてしまいました。

さきにボールに追いついたのは、一秋くんでした。

「おれの勝《か》ちだな！」

「負《ま》けたー」

晶《あきら》くんがくやしそうにしています。でも、すぐに笑《わら》って楽しそうにしていました。一秋《かずあき》くんも、ぼくがへんなところにけったこと、もう、ぜんぜん怒《おこ》っていません。それどころか、とても楽しそうです。

よかった。

そのあと、三回からぶりして、四回目でやっとボールが足に当たって、五回目でちゃんと前にけることができました。バチっと足のこうにボールが当たって、すごく気持ちよかったです。

晶くんが、「やったね」って笑ってくれました。一秋くんは、こしに手を当てて、「やっとできたか」といいました。

はい、やっとできました。でも、ちょっと走りすぎたかな。ちょっとつかれてきました。あせもかいてしまいました。

「だいじょうぶ、和也《かずや》くん？」

晶《あきら》くんがいいました。一秋《かずあき》くんも、ぼくのことを見ています。

ごめんね、ごめんね。

心配《しんぱい》かけたくないのに……、だけど、ちょっと息《いき》が苦《くる》しいな。

「あの、えっと、ちょっと休んだら、だいじょうぶです」

ぼくは、校庭《こうてい》のはしっこにある、イチョウの木の下にすわりました。晶くんも、ぼくのとなりにすわりました。晶くんが、心配そうにぼくを見ています。

ごめんね、ごめんね。ぼく、すぐにつかれてしまうんです。体力がなくて、あまり走れないんです。

ポンポンポン――。

一秋くんがリフティングをはじめました。

また、サッカーボールがぜんぜん足から落《お》ちません。ぼくは、一秋くんのリフティングを見ながら、息《いき》をゆっくりすって、ゆっくりはきました。そして、また息をすいました。

「よし、十回」

一秋《かずあき》くんがつぶやきました。まだ足の上からボールは落《お》ちません。

「一秋くん、今度《こんど》こそ、記録更新《きろくこうしん》できるかも」

晶《あきら》くんも、一秋くんのリフティングをじっと見ています。

ポンポンポン――。

「よっしゃ、二十回っと」

校庭《こうてい》の砂《すな》に、太陽の光が当たってキラキラしています。

だんだん息《いき》が落ちついてきて、苦《くる》しいのがなくなってきました。

「三十、三十一、三十二……」

「三十回こえたね」

晶くんがうれしそうにいいました。一秋くんのリフティングは、まだまだつづいています。ぜんぜんボールが落ちません。

青い空と、校庭《こうてい》と、サッカーボールと、一秋《かずあき》くんと、晶《あきら》くんと、ぼくしか、まわりにいないみたいです。ぼくたち、青空のまんなかにいるみたいです。

「……四十八、四十九、五十！」

とうとう、一秋くんのリフティングが、五十回をこえました。

「一秋くん、すごいです！」

「新記録達成《しんきろくたっせい》だね！」

それなのに、一秋くんは、まだサッカーボールをけりつづけていました。

ポンポンポンポン――。

リフティングは、なんと六十回をこえました。六十回目のボールをけったあと、とつぜん一秋くんがいいました。

「おれ、六年から、山口《やまぐち》一秋になるから」

「え？」

ヤマグチ、カズアキ？

一秋《かずあき》くんは、ポーンと、サッカーボールを空高くけりあげました。

「あの、あの、えっと、どうしてですか？」

伊地知《いちじ》一秋くんが、どうして、ヤマグチ一秋くんになるんでしょう？

一秋くんは、空高くとんだサッカーボールを見あげていいました。

「おれの親、離婚《りこん》したんだ。いろいろ書きなおすのがたいへんだから、五年までは むかしの名字《みょうじ》だったけど、六年からかわるんだ」

「……そうなんだ」

晶《あきら》くんが、小さな声でつぶやきました。

「たいしたことねえよ、離婚なんか、よくある話だ」

サッカーボールが、遠くのほうへころがっていきます。

「それに、『山口《やまぐち》』って名字、画数《かくすう》が少なくて、ラクだぜ」

一秋くんは、おもしろそうにいいました。

「『伊地知』なんて、文字数も画数も多くて、テストのとき名前を書くのがたいへんだったからな。習字《しゅうじ》のときもサイアクだったぜ、字がつぶれまくってさ。
つーわけで、おれ、四月から山口《やまぐち》だから」
ぼくも、晶《あきら》くんも、なにもいわないで、じっと一秋《かずあき》くんを見つめました。
風がふいて、校庭《こうてい》の砂《すな》がほこりみたいに舞《ま》いあがります。
四月から、山口。
一秋くんは、伊地知《いちじ》一秋くんから、山口一秋くんになるんですね。
ころがったサッカーボールを目で追《お》いながら、一秋くんがいいました。
「……でも、おまえらには関係《かんけい》ねえか」
関係ない？　なんでですか？
「関係なくないよ、一秋くん」
晶くんが、ちょっと怒《おこ》ったようにいいました。
一秋くんが、首をふりました。
「関係ねえよ、おまえら、おれの名前、下の名前でよんでるだろ。名字がかわったって、ぜんぜん関係《かんけい》ねえよ」

そのとき、強い風が、ビューッとふきました。

なんて強い風でしょう。ぼくは目をつむってしまいました。

だけど、あたたかくて、花のいいにおいがします。

「そっか……そうだね、関係ないね」

晶《あきら》くんが、うなずきました。一秋《かずあき》くんが、ちょっとだけ笑《わら》いました。

ぼくも、大きくうなずきました。

「はい。それに、一秋くんは、リフティングが六十回もできました。すごいです！」

一秋くんが、さっきよりも、もっと笑いました。そして、遠くにころがったサッカーボールを追《お》いかけてバーッと走っていきました。

また、強い春の風がふいて、ぼくたちをつつみこみました。

一秋くんがドリブルしてもどってくると、ぼくたちは、またイチョウの木の下にすわりました。
太陽《たいよう》の光が、強くなってきました。
上をむいたら、青い、ひろい空が見えました。
イチョウの木が、空にさわっています。
まぶしくなって、またくしゃみが出ました。
あれ?
遠くまでひろがった、校庭《こうてい》の砂《すな》のあちこちが、まぶしく光っています。
キラキラしています。
「あの、えっと、あの、晶《あきら》くん、一秋《かずあき》くん、見てください。校庭が光っています」
ぼくは、目の前にひろがる校庭を指《ゆび》さしました。
「光ってる?」
晶くんが、ぼくの指さすほうを見ました。

「ほら、地面《じめん》が、光っています」

「ほんとうだ……、光ってる」

「まじかよ？」

一秋《かずあき》くんが、目を細めて、口を曲《ま》げました。

「なんだよ、ただ、太陽《たいよう》が反射《はんしゃ》してるだけじゃねえかよ」

「でも、和也《かずや》くんのいうとおり、なにか、小さなツブツブが光ってるよ」

「えっと、えっと、なにが光っているんでしょうか？」

「なんだろうね、砂《すな》かな」

晶《あきら》くんが首をかしげます。

「うーん、えーっと、えっと……」

わからないけど、光るものは知っています。

えーっと、えっと、もしかしたら……。

「ダイヤモンドじゃないでしょうか」

「校庭《こうてい》に、ダイヤモンド？」

晶《あきら》くんがつぶやきます。一秋《かずあき》くんが、おでこにしわをよせました。

「そんなものあるわけねえだろ。そんなもんあったら、とっくのむかしにだれかがひろって、大金持《おおがねも》ちになってるっての」

「でも、えっと……、でも、こんなにキラキラしているんです。きっと……、ダイヤモンドかもしれません」

晶くんは「うーん」といったあと、もう一度《いちど》キラキラした校庭を見つめました。そして、いいました。

「そうだね、もしかしたら、ほんとうにダイヤモンドかもしれないね」

「ウソだろ？」

「ぼく、前に本で読んだんだけど、地面《じめん》って、大むかしの石炭《せきたん》や鉱石《こうせき》や化石《かせき》が、たくさん何重《なんじゅう》にもつみかさなってできているんだって。ダイヤモンドも鉱石だから、校庭にダイヤモンドのかけらがまざっていても、おかしくないかもしれないよ」

「まじかよ！」

一秋《かずあき》くんが、目を大きくひらきました。

ぼくは、思っていたことが当たって、むねがドキドキしてきました。

晶《あきら》くんの目が、きらりと光りました。

「ぼく、ちょっと、考えてみたんだけど、きいてくれる？」

「はい、はい、ききます」

ぼくは、うなずきました。一秋くんも、うなずきました。

「大むかし、この丘町《おかまち》小学校の校庭《こうてい》はとてもあさい湖《みずうみ》だったんだ。足首くらいまでしか水がない、青空も、星空も、鏡《かがみ》みたいにうつる、とてもきれいで透《とう》明《めい》な湖。そして、その湖の底《そこ》には、鉱石《こうせき》やダイヤモンドがうまっていたんだ。

そこに、ある日、たくさんの小さな流《なが》れ星《ぼし》がこの湖にふってきたんだ。もしかしたら、オリオン座《ざ》の流星群《りゅうせいぐん》だったかもしれない。流れ星は、湖の底の鉱石や、ダイヤモンドとぶつかって、湖のなかでこなごなにくだけて、砂《すな》とまざりあって、湖《みずうみ》の底《そこ》にしずんでいったんだ。それから、何百年か、何千年か、何万年かたって、湖の水はひあがってなくなるんだけど、ここは、さらさらの光る砂漠《さばく》になった。そして、またさらに長い年月がたって、ここに丘町《おかまち》小学校がたって、校庭《こうてい》ができた。だからいま、丘町小学校の校庭の砂はキラキラしているんだ。だってここは、大むかしからある鉱石《こうせき》やダイヤモンドと、流れ星《ながぼし》がぶつかってできた星のかけらが、じつは、たくさんまじった砂漠《さばく》だから――」

晶《あきら》くんは、太田《おおた》先生が本を読むときみたいに話してくれました。

ちょっと、むずかしかったですけれど、すごいお話でした。

「すごいです……。この光ってるツブツブは、星のかけらだったんですね」

「もしそうだったらいいな、っていう話だよ」

晶くんは、そういうと、ちょっとはずかしそうに笑《わら》いました。

「はい、はい、あの、ぼくも、そう思います」

ぼくは、何回もうなずきました。

「だって、こんなにキラキラしているんです。ぜったい、星のかけらです」

一秋《かずあき》くんが、校庭《こうてい》の砂《すな》をすくって、手のひらにのせました。

「もし、この砂が、ほんとうに何万年も前のものだったら、まじスゲーかも」

ぼくたちは、まぶしく光るひろい校庭を、じっとながめました。

とても、静《しず》かな時間が、流《なが》れていきます。

晶《あきら》くんが、そっといいました。

「ねえ、こんなふうに、何万年も前のものかもしれないキラキラ光る砂の校庭を、いま、この瞬間《しゅんかん》、こんなふうにながめているのって、もしかしたら、地球《ちきゅう》上《じょう》で、ぼくたち三人だけかもしれないね」

え……？

いま、この瞬間——。

チキュウ上で、ボクタチ三人だけ——？

「それって、ちょっと、すごいことだと思わない？」

「……はい、はい、とてもすごいことです！」

ぼくはうなずいて、一秋《かずあき》くんは、手のひらにのせた校庭《こうてい》の砂《すな》をじっと見つめました。指《ゆび》のすきまから、砂が、いいえ……、星のかけらがキラキラ光って、流《なが》れおちていきます。

キラキラ光る校庭と、晶《あきら》くんがしてくれたお話をわすれないように、ぼくは、足もとに落《お》ちていた石をひろいました。灰色《はいいろ》と白がまざった、黒いてんてんのもようがある石です。てんてんのもようのなかで、なにかがチカッと光りました。

きっと、星のかけらの、ダイヤモンドです。

「晶、和也《かずや》、そろそろやろーぜ」

一秋くんが立ちあがりました。そしてまた、ぼくたちはサッカーをやりました。だいぶやってから、ぼくは、晶くんと一秋くんにバイバイしました。

「また、いっしょにあそぼうね」って、約束《やくそく》をしてから――。
ぼくは、通学路《つうがくろ》にもどって、春のさんぽのつづきをはじめました。
とちゅうで、バスとすれちがいました。バスって、とてもかっこいいです。
「ポケット・ロボスター」みたいにかっこいいです。
あれ？　バス停《てい》のところに、見おぼえのある人がいます。だれだろう？
ぼくは、ぐっとめがねをおしあげました。

3 ひとつだけのねがいごと

バス停《てい》にいたのは、同じクラスの春山《はるやま》ましろちゃんと、夏木《なつき》アンナちゃんでした。ふたりとも自転車《じてんしゃ》をおして歩いています。

「ましろちゃーん、アンナちゃーん」

学校がない日なのに、また友だちに会えて、ぼくはうれしくなりました。

「あ、和也《かずや》くん」

ましろちゃんが手をふってくれました。にこにこ笑《わら》っています。ぼくは、ますますうれしくなりました。

「えっと、ましろちゃん、アンナちゃん、どこか行くんですか？」

ぼくはききました。

「ちょうど、行ってきたところだよ」

ましろちゃんが、バス停《てい》の近くにある本屋《ほんや》さんを指《ゆび》さして、自転車《じてんしゃ》のかごからなにかをとりだしました。

「アンナと本屋さんに行ってきたところなの。『スマイル・リップ』の八巻《かん》！買ったばかりだよ～」

「あ、リップちゃんだ」

とてもきれいな表紙《ひょうし》でした。

『スマイル・リップ』は、ぼくもテレビで見ています。夕方、『ポケット・ロボスター』のあとにやっているアニメです。

美少女戦士《びしょうじょせんし》のリップちゃんが、魔法《まほう》の力で悪者《わるもの》と戦《たたか》っていくお話です。リップちゃんには、おとものコウモリのミラーがいるんですけど、ぼく、『スマイル・リップ』のなかで、こうもりのミラーがいちばんすきです。ミラーって、コウモリなのに、ぽっちゃりしていて、くいしんぼうで、かわいいんです。

「ましろ、読んだらかしてね」

アンナちゃんがいうと、ましろちゃんが、アンナちゃんのほっぺたをつっつきました。

「わかってるってば、おかあさんといっしょに読むんでしょ」

ちょっとはずかしそうに、アンナちゃんがうなずきました。

「だって、この前、ちょっと見せたら『おもしろそう、ママも読んでみたい』っていうんだもん。じつはママ、少女まんががすきみたい」

そうなんですか。アンナちゃんのおかあさんも

『スマイル・リップ』がすきなんですね。アンナちゃんは、おかあさんと、リップちゃんのことをいろいろ話すそうです。ぼくといっしょです。ぼくも、おかあさんと『ポケット・ロボスター』のことを、いろいろいっぱい話します。

それからましろちゃんは、ぼくに『スマイル・リップ』のまんがや、アニメのことをいろいろ教えてくれました。

話しているあいだに、バスが何台も通りすぎました。

ましろちゃんのお話は、とてもおもしろくて笑《わら》ってしまいました。

ぼくのすきなコウモリのミラーのモノマネをしてくれたり、「スマイル・リップちゃんのリップ」を見せてくれたりしました。それに、四月からアニメの歌がかわることも教えてくれました。それと、新しい敵《てき》「ライナー・アイ」のことや、リップちゃんがすきな、なぞの男の子トーマくんとリップちゃんが、これからさきどうなっていくかも、予想《よそう》して話してくれました。

ましろちゃんの予想と、アンナちゃんの予想はちがっていました。

「リップちゃんとトーマくんは、もうすぐ、ぜったいにくっつくよ。だって、ほんとうはラブラブどうしだもん」

ましろちゃんがいうと、アンナちゃんはうでを組んで首をふりました。

「そんなかんたんにくっつくわけないでしょう。そんなことしたら、ひみつがバレて、まんががおわっちゃうじゃないの。リップちゃんと、トーマくんは、さいごのさいごまでぜったいくっつかないわよ」

「そんなのいやだよー」

ましろちゃんが、とても残念《ざんねん》な顔をしました。その顔を見ていたら、ぼくも残念な気持《きも》ちになってしまいました。でも、ましろちゃんは、すぐに笑《わら》って、こんなことをいいました。

「ねえねえ、それより、トーマくんって、ちょっと冬馬《とうま》ににてない？　顔とか、なぞめいたとことか」

「トーマと、冬馬がにてる？　名前はにてるけど、どうかな」

アンナちゃんが首をかしげました。

「……ていうか、まんがのなかの人物《じんぶつ》と、実際《じっさい》にいる人間をくらべるなんて、そもそもできることじゃないと思うけど」

「もう、ほんとーに、アンナは、現実的《げんじつてき》すぎるんだからー」

ましろちゃんが、さっきよりも残念《ざんねん》そうな顔をしました。

「ましろが、非現実的《ひげんじつてき》すぎるの」

アンナちゃんが、ピシッといいました。

まんがのトーマくんと、晶《あきら》くんって、にているでしょうか？

ぼくは考えました。

うーん、にている気もしますけど、どうでしょうか。あ、でも、リップちゃんと、ましろちゃんはにていると思います。笑《わら》った顔とか、よくにています。

ましろちゃんが、うっとりした顔でいいました。

「非現実でもなんでもいいけど、もしも神《かみ》さまが、『どんなねがいごとでも、ひとつだけかなえてあげるよ』っていったら、あたし、ぜったい、リップちゃんになりたい」

「また、夢《ゆめ》みたいなことをいって」

アンナちゃんが、あきれた顔をしました。

「いいじゃない、だって、想像《そうぞう》してみてよ。リップちゃんみたいに、『魔法《まほう》のマント』でスイーって空をとべたら、ぜったいおもしろいよ。それで、悪《わる》いやつらをバッタバッタたおすの。きっと、気分いいよ」

「まあ、それは、たしかに、そうかもしれないけど……」

「でしょ」

「でも、わたしだったら、もっと現実的《げんじつてき》なおねがいをするな」

「現実的なおねがい？　なにをおねがいするの？」

「それは……」

アンナちゃんが、まじめな顔で考えこみました。すると、ましろちゃんが、ぼくのほうをパッとふりむきました。

「和也《かずや》くんは？　和也くんだったら、神《かみ》さまになにをおねがいする？　どんなねがいごとでも、ひとつだけかなえてあげるよって、いわれたら」

「え、えっと……」

ぼくも、アンナちゃんみたいに考えこみました。

ぼくのねがいごと……。ひとつだけ、かなえたいこと……。

なんでしょうか、なんでしょうか。

アンナちゃんも考えています。ぼくも考えています。バス停《てい》の前の道に立ったまま、ぼくたちは考えつづけました。

近くの本屋《ほんや》さんの、かざりの旗《はた》が風にゆれています。

太陽《たいよう》がまぶしく光っています。

バスがまた、通りすぎました。

どこからか、黄色いちょうちょがとんできました。また、まばたきみたいに、ヒラヒラ、スススッと羽ばたいています。

「あたしは、ぜったいリップちゃん」

ましろちゃんが、もう一度《いちど》きっぱりいいました。

それなら、ぼくも……。

「あの、えっと、ぼくは、ポケット・ロボスターと友だちになりたいです」

「わお」

ましろちゃんが声をあげました。

「いいねえ、和也《かずや》くん。それステキ！　あたしも友だちになりたい」

「はい、はい、いっしょに、ポケット・ロボスターと友だちになりましょう」

ぼくは、すてきっていわれてうれしくなりました。ましろちゃんが、まんがのリップちゃんみたいににっこり笑《わら》っていいました。

「それじゃあ、ポケット・ロボスターと友だちになったら、どんなことをしたい？　あたしは、ロボスターと友だちになったら、ロボスターのポケットから、いろいろなふしぎな道具《どうぐ》をたくさん出してもらいたいな」

「あ、えっと、ぼくもです。ぼくも、えーっと、おいしい食べものがつくれる『ロボ・ごはんの実《み》』を、出してもらいたいです」

「うんうん、あれはいいよねー。そのへんの木に、ロボット注射《ちゅうしゃ》をうったら、おいしい『ロボ・ごはんの実』がなって、パカッて実をあけたら、シチューや、カレーライスや、ホットケーキが出てくるんだもんねー。サイコーだよねー。

でも、あたしは『ロボ・コプター』がいいなあ。頭につけて空とびたい」

「あ、『ロボ・コプター』すごくいいですね。ぼくも、とびたいです」

「うん、いっしょにとぼう」

「はいっ」

ましろちゃんって、話しやすいです。

春の遠足のときも、ぼくにいっぱい話しかけてくれました。それに、やさしいです。アンナちゃんは、むかしはちょっと話しにくかったですけれど、最近《さいきん》は、話しやすくなってきました。それに、勉強《べんきょう》も教えてくれます。アンナちゃんは、むずかしい塾《じゅく》に行っていて、とても頭がいい人です。

ぼくとましろちゃんが「ポケット・ロボスター」のことをいろいろ話していると、とつぜん、アンナちゃんが「きめた」と、いいました。

「アンナも、ねがいごとがきまったのね、なになに？」

ましろちゃんが、真剣《しんけん》な顔をしているアンナちゃんをのぞきこみました。

アンナちゃんが、口をひらきました。

「わたしは、夢《ゆめ》みたいな方法《ほうほう》じゃなくて、現実的《げんじつてき》に空をとぶわ」

「え？」

「それって、どういうこと？」

「つまり、魔法《まほう》のマントや、ふしぎなロボットの道具《どうぐ》じゃなくて、ちゃんと空をとぶ機械《きかい》を神《かみ》さまに出してもらって、自由《じゆう》に空をとぶってこと」

アンナちゃんは、きっぱりいいました。すると、

「えーっ？　それがアンナのかなえたいねがいごとなの？　いい中学に行けますようにとか、将来有望《しょうらいゆうぼう》な仕事《しごと》につけますように、とかじゃなくて？　びっくり。アンナって、空をとびたかったんだ、知らなかった！」

ましろちゃんが大声でさけびました。アンナちゃんが、うるさそうな顔で、ましろちゃんをちょっとにらみます。

「あの、あの、空をとぶ機械《きかい》って、えっと、あの、飛行機《ひこうき》ですか？」

ぼくはききました。

飛行機だったら、すごいです。かっこいいです。

「うーん、そういうのとは、ちょっとちがうの」

「あ、じゃあ、えっと、えっと、もしかして、ロケットですか？」

ロケットだったら、もっとすごいです。かっこよすぎます。

ましろちゃんも、「わお」といって、目を見ひらきました。

「ロケットの操縦《そうじゅう》なんて、すっごーい。でも、ものすごくむずかしそう……。

でも、アンナだったらできそうだね。だって、ものすごく頭がいいもん」

「ううん、そういうのとも、ちがうの」

アンナちゃんが、首をふりました。

「なんていうか、うーん……、気球《ききゅう》、みたいなかんじかな」

「気球？」

「気球、ですか？」

ぼくは、前にテレビで見た、ものすごく大きな風船みたいな乗《の》り物《もの》を思いうかべました。

アンナちゃんが「うん」と、うなずきました。

「なんていうか、わたし、いま、塾《じゅく》に行って、がんばって勉強《べんきょう》しているけど、とくに、こういう職業《しょくぎょう》につきたいっていうのはまだないの。とにかくいい中学に行って、いい高校、いい大学に行けば、それだけレベルの高い環境《かんきょう》に行ける。そうなれば、きっと、つける職業も多くなる、とは思っているけどね」

なんだか、ちょっとむずかしいお話がはじまりました。

「アンナ、むずかしい話は、やだよー」

ましろちゃんもいっています。

「それに、そのことと気球《ききゅう》と、なんの関係《かんけい》があるの？」

アンナちゃんが、「まあ、きいてよ」といいました。

「つける職業《しょくぎょう》が多くなるのはいいことだと思うし、勉強《べんきょう》って、わたしの性《しょう》にあってるから、それはそれでいいんだけど、でも、勉強だけでおわるような、働《はたら》くだけでおわるような人生は、いやだなって、最近《さいきん》思ってるの」

アンナちゃんの話は、ますますむずかしくなってきました。

「アンナ、あんたまた、セキニン負《お》いすぎの、きまじめモードになってない？

それに、まだ子どもなのに、そんなさきのことまで考えてるなんて。しかも、勉強が性にあってるなんて、なんじゃそれーだよ」

ましろちゃんが、ほっぺたをふくらませました。

ふうっと、アンナちゃんがため息《いき》をつきます。

「なにいってるの、ましろ。考えたくもなるよ、ニュースとか見てたら、世《よ》のなか暗《くら》い話ばかりだもの。大企業《だいきぎょう》が倒産《とうさん》したとか、格差《かくさ》社会がひろがってるとか、貧困家庭《ひんこんかてい》がふえてるとか、年金はもらえないとか、ブラック企業につぶされる若者《わかもの》がいるとか、大学生が何十社就職活動《しゅうしょくかつどう》をしても、ぜんぜん就職できないとか……。まわりのおとなたちを見てても、みんなあわただしくて、つかれきってて……。わたし、そんなおとなにはなりたくないの。おとなになるって、たいへんなだけで、ぜんぜんいいことないって、最近《さいきん》思うの」

むずかしいことばばかりで、よくわかりません。

ましろちゃんも、おでこにたくさんのしわをよせています。

でも、アンナちゃんは、かまわず話しつづけました。

「子どものときでも、こんなに毎日いそがしくてたいへんなのに、おとなになったら、どれだけいそがしくなるんだろう。たいへんな思いをしておとなになったとしても、ちゃんと生きていくことができなくなることもあるみたいだし。わたし……、これ以上《いじょう》あわただしく、つかれるだけの生きかたなんかしたくない。わたし……、おとなになるのが、最近《さいきん》ちょっといやなの」

アンナちゃんは、一瞬《いっしゅん》泣《な》きそうな顔になりました。

すると、ましろちゃんが、アンナちゃんの顔を両手《りょうて》ではさみました。

「もう、アンナは……。ときどきスーパーミラクルに暗《くら》くなるんだから。そりゃ、いまの日本、たいへんそうだけどさ。あ、くわしくはわかんないけどね。でも、暗くなったってしょうがないでしょ。ほら、顔をあげて。それで？ そのことが、なんで『気球《ききゅう》で空をとびたい』ってことになるの？」

ましろちゃんのことばに、アンナちゃんが顔をあげました。

「……わたし、もっと、ゆっくりしたいの」

「ゆっくり？」

ましろちゃんが、アンナちゃんのことばをくりかえしました。

「そう……、わたし、飛行機《ひこうき》とか、ロケットとかじゃなくて、ゆっくりした気《き》球《きゅう》みたいな乗《の》り物《もの》にのって、ただ、自由《じゆう》に空をとんでみたいの。なにも考えず、ふわふわ～、ぷかぷか～って。きっと……、わたしたちが住《す》んでいる丘町《おかまち》も、空からながめたら、けっこういい景色《けしき》なんじゃないかな」

アンナちゃんが、高い空を見あげていいました。

「きっと、空から見たらわたしたちなんて、アリみたいに小さいんだろうな。丘町小学校だって、きっとつみきみたいだろうし。校庭《こうてい》なんか、砂場《すなば》だよね」

「あ……、あの、えっと、あの、校庭が、キラキラ光っているのは……、校庭がダイヤモンドだからなんですよ」

思わず、ぼくは大声でいっていました。

ましろちゃんとアンナちゃんが、ふしぎそうにぼくを見ます。

「あの、えっと、だから、丘町小学校の校庭は、大むかし、湖《みずうみ》だったんです。それで、流《なが》れ星《ぼし》が落《お》ちて、えっと、あの、えーっと、ダイヤモンドがわれて、えーっと、星のかけらになって……、えーっと、それで、キラキラしているんですっ」

ぼくは、さっき晶《あきら》くんからきいたお話をしようとしました。だけど、うまく話せませんでした。でも、ましろちゃんは、にっこり笑《わら》ってくれました。

「おもしろい話だね、和也《かずや》くん」

ましろちゃんのことばに、アンナちゃんがつづけていいました。

「校庭《こうてい》がダイヤモンドか……、それなら、空《そら》プールは、アクアマリンだね」

ソラプール？

アクアマリン？

「あ、あの……、えっと、えっと、ソラプールって、なんですか？　それと、アクアマリンって、なんですか？」

ぼくがきくと、ましろちゃんが教えてくれました。

「『空プール』っていうのはね、天原町《あまはらちょう》の高台にある無料《むりょう》のプールのことだよ。

空につながってるみたいなプールなの。夏休みにアンナと行ったんだ。たぶん、空から見たら、空色の、キラキラしたきれいな宝石《ほうせき》みたいに見えると思うんだ。アクアマリンっていうのはね、青色の宝石のことだよ」

「へえ」

空色の、キラキラした、宝石みたいな、空《そら》プール。

それは、とても、きれいでしょうね。

「あの、えっと、ぼくも、気球《ききゅう》にのって、空プールを見てみたいです」

ぼくはいいました。するど、ましろちゃんがにやりと笑《わら》いました。

「あたし、いいこと考えちゃった」

「なによ？」

アンナちゃんが、ちらりとましろちゃんを見ました。

ましろちゃんは、「んふふ」と笑って、こんなことをいいました。

「あたしと、和也《かずや》くんと、アンナのねがいごとをぜーんぶまとめると、こんなふうになるよ。あたしが、『魔法《まほう》のマント』でスイーッて空をとんで、和也《かずや》くんが『ロボ・コプター』でピューって空をとんで、アンナは『気球《ききゅう》』でふわふわ〜、ぷかぷか〜って空をとぶの。ゆ〜っくり、ゆ〜ったりとね。想像《そうぞう》してみて」

ぼくは想像してみました。

丘町《おかまち》の空の上を、ゆっくり、ゆったりとぶ、ましろちゃんと、アンナちゃんと、ぼくを……。

なんだか、とても、楽しいかんじがします。

「ぷっ」

とつぜん、アンナちゃんがふきだしました。

「みんなバラバラじゃないの。魔法少女と、ロボットと、気球がならんで空をとんでるなんて、おかしい」

アンナちゃんが、空を見あげました。

バス

「でも、おもしろいな。そんなふうに、おとなになっても、みんなでゆっくり、ゆったりできたら楽しいだろうな……」

見あげた空が、水色にまぶしく光っています。

太陽《たいよう》がまぶしくて、ぼくは、鼻《はな》の奥《おく》がツーンとしました。

綿《わた》みたいな雲が、ふわりふわりと流《なが》れていきます。

「えっと、あの、ぼくも、みんなで空をとべたら、いいなと思います」

ぼくは、思っていることをいってみました。

「それに、それに、ぼく、雲にもさわってみたいです」

そしたら、

「それ、いいね」

ましろちゃんが、目を大きくひらいてパチパチしました。

「あたしも雲にさわりたい。とくに、夏の入道雲《にゅうどうぐも》は、ぜったいにさわりたい。それで、ちょこっとつまんで、イチゴソーダのかき氷《ごおり》にのっけて食べるんだ。

もちろん、空《そら》プールも上から見るよ」

「わあ」

ぼくは、声をあげました。

「それでね、秋はひつじ雲のなかをとぶの。くりとか、かきとか、やきいもを食べながら、オレンジ色の空のなかをもこもことぶの。きっと、すごく気持《きも》ちいいよ」

「わあ」

「そして冬は、あったかいもうふにくるまって、星空のなかをゆっくりとぶの。クリスマスケーキと、おもちを食べながら、きれいな星空を見るの」

「わあ」

「そして春は、さくらの木の上すれすれを、ゆったりとぶの。おいしいお弁当《べんとう》を食べながらね。きっと、花びらがせいだいに舞《ま》いあがって、すごく楽しいよ。あ、もちろん、おだんごも食べるよ」

ましろちゃんが、夢見《ゆめみ》るようにいいました。

「あたしたちのねがいごとって、すごくいいかんじだよね」

「はい、はい、そう思います」

ぼくは、大きくうなずきました。アンナちゃんは、ましろちゃんがしゃべっているのを、じっときいています。そんなアンナちゃんの顔を、ましろちゃんがのぞきこみました。

「だからアンナ、気球《ききゅう》を手にいれたら、あたしと和也《かずや》くんものせてね。『魔法《まほう》のマント』と『ロボ・コプター』は、まだまだもう少し時間がかかりそうだから」

アンナちゃんが、こしに手をやって、ちょっと口をとがらせていいました。

「しょうがないわね、それじゃあ、わたしが気球の乗《の》りかたをマスターしたら、みんなでゆっくり、ゆったり空をとんで、世界旅行《せかいりょこう》をしよう」

「うん、ゆっくり、ゆったり世界旅行ね」

「はい、ゆっくり、ゆったりです」

アンナちゃんも、「ゆっくり、ゆったり」っていって笑《わら》いました。そして、

「あ、そろそろ塾《じゅく》の時間だ」

本屋《ほんや》さんの時計を見て、自転車《じてんしゃ》にまたがりました。

そのとたん、ましろちゃんが、さみしそうな顔になりました。

「もうちょっと、あそびたかったな」

ましろちゃんが、ポツリといいます。

「ごめん、また今度《こんど》ね」

「うん……、勉強《べんきょう》がんばってね」

「ましろこそ、勉強がんばらなきゃダメだよ」

「アンナってば、別《わか》れぎわに、おかあさんみたいにイヤなこといわないでよ」

「だって、あんた、このままじゃ心配《しんぱい》だよ。計算問題《もんだい》とかよくまちがえるし、漢字《かんじ》ミスも多いし。わたしたち、四月から六年生だよ」

「そりゃそうだけどさ、あー、六年生かー、十二歳《さい》かー」

ぼくは、びっくりして声をあげてしまいました。

「あの、えっと、ましろちゃん、十二歳になるんですか？」

「そうだよ、え？　みんな十二歳になるよね？　六年生になったら」

ましろちゃんが首をかしげました。

「あ、いえ、えっと、あの、その、ぼく、まだ十歳だったから……」

「そうなの？　和也《かずや》くん、まだ十歳なの？」

「あ、えっと、でも、今日で十一歳になります。えっと、あの、今日、ぼくの誕生日《たんじょうび》なんです」

ぼくがいったとたん、ましろちゃんとアンナちゃんが、大きく目をひらいて、そして、大きく口をあけて、そして、ものすごくにっこり笑《わら》いました。

「もう、和也くんたら、そういうことは、はやくいってよね！」

ましろちゃんが、ぴょんぴょんとんで、ぼくのかたをたたきます。

「お誕生日《たんじょうび》おめでとう、和也《かずや》くん」

アンナちゃんも、うれしそうにいってくれました。

「あ、あの、ありがとうございます」

ぼくは、ちょっとはずかしくなってしまいました。

「すっごいグウゼン、びっくり、うれしいね」

ましろちゃんがいうと、アンナちゃんもしみじみいいました。

「そうね。それにしても、三月三十一日って、ギリギリね」

「ほんと、もしも一日ずれて、四月一日のエイプリルフールに生まれてたら、
和也くん、たいへんだったよ」

「え？　そ、そうなんですか？」

「だって、ウソついてもいい日に『誕生日《たんじょうび》だよ』っていっても、みんなにウソ
だって思われちゃって、プレゼントをもらえないかもしれないよ」

ましろちゃんが真剣《しんけん》な顔でいいました。するとアンナちゃんが、

「さらにもう一日ずれていたら、もっとたいへんよ」

っていいました。

「もう、一日……？　えっと、あの……、なんですか？」

ぼくは、おどろいてアンナちゃんにききました。

「もし、もう一日ずれていたら、和也《かずや》くんは、ひとつ下の学年になっていたら、つまり四月二日に生まれていたら、わたしたち、同じ学年になっていなくて、こんなふうに友だちになっていなかったかもしれないのよ」

「え？」

えっと……、えっと……。

ぼくは、アンナちゃんがいったことを、よおく考えてみました。

えっと、生まれる日がずれていたら、ぼくは、ましろちゃんやアンナちゃんたちと、同じ学年になれなかった、そういうことですね……。

「そんなのイヤだよー」

ましろちゃんが、ぎゅっと目をつむって、そして、パッと目をひらきました。

「でもさ、ていうことは……、あたしたちって、奇跡《きせき》なんじゃない？」

「キセキ……？」

「そうだよ、あたしたちが出会ったのって、すっごい奇跡だよ！ うわーん、そう思ったら、五年三組がおわっちゃったのが、今ごろになってさみしくなってきたよー。さいしょのころは、最悪《さいあく》なクラスって思ってたのに」

「まあ、伊地知《いちじ》とか荒《あ》れてたしね。飛田《とびた》さんは、いまだにキツイままだけど」

アンナちゃんがうなずいて、ましろちゃんが空を見あげました。

「でもさ、三学期《がっき》の五年三組、とってもいいふんいきだったよね。ケンカもなかったし、もしまた五年生をもう一回やったら、あたしたち、遠足も運動会《うんどうかい》も、もっと楽しくできるんじゃないかな。太田《おおた》先生もけっこういい先生だったし。みんな、いつのまに仲《なか》よくなったんだろう。それなのに、仲よくなったとたんおわっちゃったね。クラスがえ、したくないな……」

ましろちゃんがさみしそうにいいました。そしたら、ぼくも、心がじーんってなってしまいました。

「また六年生でも、仲《なか》よしのクラスをつくればいいじゃないの」

アンナちゃんがいいました。強く、はっきりいいました。

「ましろだったらできるよ。和也《かずや》くんもね」

アンナちゃんがやさしく笑《わら》って、ましろちゃんがにっこり笑いました。だから、ぼくもにっこりしました。

「そうだよね、あたしたちだったらなんだってできるよね。よし、それじゃあ、いまから、和也くんのお誕生日《たんじょうび》と、あたしたちが同じ学年になって、仲よくなった奇跡《きせき》を祝《いわ》って、『ハッピーバースデー』をうたおうよ」

ましろちゃんが、はりきっていいました。

「ここ、思いっきり道のまんなかなんだけど」

アンナちゃんが、おでこにしわをよせてイヤそうな顔をしました。

「いいじゃない、べつに」

「やだ、こんなに人がたくさん通るところでうたうなんて、はずかしすぎる」

「じゃあ、いいよ、あたしだけうたうから」

そういうと、ましろちゃんは、バス通りの本屋《ほんや》さんの真《ま》ん前《まえ》の道で、ぼくに「ハッピーバースデー」の歌をうたってくれました。

ましろちゃんの歌は、とてもじょうずでした。

ぼくは、うれしくなりました。

キセキみたいに、うれしくなりました。

うたいおわると、アンナちゃんが、ぼくにたんぽぽの花をくれました。

黄色いたんぽぽと、綿毛《わたげ》のたんぽぽでした。ましろちゃんがうたっているあいだに、アンナちゃんが本屋さんの横《よこ》の空き地で見つけてくれました。

「あの、ありがとうございます、ましろちゃん、アンナちゃん」

そして、ぼくたちは、

「六年生になって、べつべつのクラスになっても、またあそぼうね」

って約束《やくそく》して、バイバイしました。

アンナちゃんが、塾《じゅく》がある駅《えき》のほうにむかってぐんぐん自転車《じてんしゃ》をこいでいきます。ましろちゃんが、アンナちゃんと反対《はんたい》の方向《ほうこう》に自転車をこいでいきます。

ぼくは、たんぽぽの花をポケットにいれました。ポケットのなかには、さっき校庭《こうてい》でひろった石がはいっていました。

星のかけらの、ダイヤモンドです。

風がふいて、綿毛《わたげ》のたんぽぽから、綿毛がとんでいきます。

ぼくは、ふわふわとぶ綿毛を追《お》いかけて、歩きだしました。

春のさんぽのつづきをはじめました。

太陽《たいよう》の光が明るいです。

春のにおいがします。

やわらかくて、あたたかい風がふいていきます。

ぼくは、綿毛《わたげ》を追《お》って歩きました。

バス通りをこえて、川の近くの小道を歩いていくと、お祭《まつ》りのように、たくさんの人が集《あつ》まっている、大きな建物《たてもの》が見えてきました。

4 まぶしいダンス

大きな建物《たてもの》は体育館《たいいくかん》みたいです。入り口に大きな看板《かんばん》がありました。

「キッズダンス・コンテスト」と大きな字で書かれています。

わあ、ダンスの大会をやっているみたいです。

ダンスは、ぼくも、すきです。

あまり、じょうずじゃないですけれど「たんぽぽスクール」でおどっています。「ポケット・ロボスター」の曲《きょく》にあわせておどるのが、いちばんすきです。

ここで、ダンスが見られるんでしょうか?

建物の入り口には、たくさんの人たちが、出たりはいったりしていました。

おとなもいますけれど、子どものほうがたくさんいるみたいです。キラキラしたきれいな服《ふく》を着《き》ている子や、かっこいい服を着ている子がいます。頭にかざりをつけた子や、おけしょうをしている子もいます。

ぼくは、そっと入り口に近づいて、なかをのぞきこみました。そしたら、たくさんの人たちにおしながされて、赤いじゅうたんがしかれた「ロビー」って書かれたひろい場所《ばしょ》にはいってしまいました。

わ……、どうしましょう。

かってに、はいってしまいました。えっと、えっと……、どうしましょう。はいってしまっていいんでしょうか。ぼく、怒《おこ》られないでしょうか？

でも、ぼくのことを怒る人はいませんでした。みんな、バタバタいそがしそうに動《うご》いていて、ぼくのことを見ている人はいません。

ぼくは、たくさんの人たちにおされて、あっちへ行ったり、こっちへ行ったり、うろうろしてしまいました。

でも、もしも、ダンスが見られるなら、ぼく、見てみたいです。

ぼくは、ロビーの奥《おく》にある大きなとびらをおして、とびらのむこうがわに行きました。そこには、とてもたくさんの赤いいすの席《せき》が、ななめにずらーっとならんでいました。そして、いちばん奥《おく》のところに、ステージがありました。

ぼくは、一歩ずつ、一段《だん》ずつ、前に前に歩いていきました。

だんだんステージが近くなっていきます。赤いいすには、たくさんの人がすわっていました。ぼくは、前のほうのあいていた席に、そっとすわりました。

いちばん左はしの席でした。

ステージがよく見えます。ステージの右の奥《おく》のほうも、ちょっと見えます。

キーン――。

とつぜん、高い放送《ほうそう》の音がひびいて、アナウンスが流《なが》れてきました。

「それでは、いまから『キッズダンス・コンテスト』後半戦《こうはんせん》をスタートします！」

そして、しばらくすると、楽しそうな音楽が流《なが》れてきて、ホールのなかが暗《くら》くなりました。

「プログラム十六番、チーム『ドリームズ48』！」

つぎの瞬間《しゅんかん》、ステージの左から、ワーッといきおいよく、たくさんの子どもたちがとびだしてきました。十人？　二十人？　もっといるみたいです。

リズムにのって、体をゆらして、はねて、手をあげて、足をあげて、体をひねったり、体をおったり、一秒《びょう》もとまらないで、つぎつぎにおどっていました。

ステージには、たくさんの色とりどりのライトがてらされていました。音楽も、はやいスピードで、大きな音で、どんどん流れていきました。

ぼくは、ステージを、ただ、じっと見ていました。

ステージから、目がはなせなくなりました。

みんな、すごいです。つぎからつぎへダンスがつづいていきます。

プログラムが、どんどん進《すす》んでいきます。

集団《しゅうだん》のダンスチームがおわると、少し人数の少ないチームになりました。

「プログラム二十一番、チーム『フラワー・スターズ』！」

ステージで、ぼくよりちょっと年上の四、五人の女の子や、男の子たちが、かっこいいダンスをおどりだしました。まるで、テレビに出てくる歌手の人みたいに、おとなっぽいダンスです。服《ふく》もかっこいいです。

ダンスも、音も、ライトも、あまりにもはげしくて、まぶしくて、目が回りそうです。でも、かっこよくて、すごくて、じっと見てしまいました。

ぼくが、「たんぽぽスクール」でおどっているダンスとは、ぜんぜんちがいます。音楽も「ポケット・ロボスター」の曲《きょく》とはぜんぜんちがいます。

なんて、すごいんでしょう。

ぼくも、できたらいいな。

少ない人数のダンスチームがおわって、今度《こんど》は、ふたりチームのダンスがはじまりました。そして、ひとりだけでおどる人たちも出てきました。

「プログラム二十九番、『RUKA《ルカ》』！」

ステージのまんなかに、スポットライトがピカッと当たって、ジャーンという迫力《はくりょく》のある音楽といっしょに、女の子がとびでてきました。

銀色《ぎんいろ》のかっこいい服《ふく》を着《き》ています。キラキラしたものがたくさんついた服です。ぶかぶかのズボンもにあっています。みつあみだらけの髪《かみ》の毛《け》が、リズムにのって、ゆれています。

「あれ？　もしかして、瑠花《るか》ちゃん……？」

その女の子は、同じ五年三組の飛田《とびた》瑠花ちゃんでした。

びっくりしました。知っている子が、こんなすごいステージでダンスをおどっているなんて、なんてすごいんでしょう。

瑠花ちゃんは、すばやく手を動《うご》かしたり、足を動かしたり、ジャンプしたり、やわらかく体をひねったり、クルクル回転《かいてん》したり、みるみる動きをかえておどっていました。学校にいるときの瑠花ちゃんも、いつも目立っていてすごいで

すけれど、ステージの上の瑠花《るか》ちゃんは、もっとまぶしくて、もっとかがやいていました。音楽がおわるのといっしょに、瑠花ちゃんはバシッとポーズをきめました。みんなから拍手《はくしゅ》がわきおこりました。ぼくも、たくさん拍手しました。瑠花ちゃんは、ガッツポーズをして笑《わら》っていました。

「つぎは、さいごのダンサー、プログラム三十番、『ＲＵＩ《ルイ》』！」

真《ま》っ暗《くら》なステージに、パッとライトがついて、とつぜん金色の服《ふく》を着《き》た男の子があらわれました。一瞬《いっしゅん》の沈黙《ちんもく》のあと、目が回りそうなほどはげしいダンスがはじまりました。

「瑠衣《るい》くんだ……」

その男の子は、飛田《とびた》瑠花ちゃんのふたごのお兄さん、瑠衣くんでした。

瑠衣くんは、五年一組の男の子で、とっても運動《うんどう》ができる有名人《ゆうめいじん》です。

秋の運動会の全員《ぜんいん》リレーで、アンカーを走って一位《い》になっていました。足がはやい一秋《かずあき》くんと晶《あきら》くんよりも、もっとはやい、すごい人です。

ぼくは、瑠衣《るい》くんのダンスを見て、息《いき》がとまりそうになりました。

瑠衣くんは、まるで、火みたいでした。

燃《も》えた火みたいな、パワーあふれるダンスに、ぼくは、動《うご》けなくなりました。

くわしいことはわかりませんけれど、瑠衣くんは、いままでおどっただれよりもすごかったです。ぜんぶが力強くて、ピシッ、ピシッ、としていて、でも、やわらかくて、まぶしくて……。

ぼくは、おなかのまんなかがとても熱《あつ》くなりました。

ほんとうに、火みたいなダンスでした。

瑠衣くんのダンスがおわると、ホールじゅうが、ゆれるような拍手《はくしゅ》につつまれました。

かっこいい……。

ぼくも、ぼくも、あんなふうにおどりたい……。

そのあと表彰式《ひょうしょうしき》があって、瑠衣くんは「ソロ部門《ぶもん》」っていうので優勝《ゆうしょう》して、一位《い》のトロフィーをもらっていました。とてもどうどうとしていました。そして、二位は、知らない六年生の男の子で、三位も、知らない四年生の女の子でした。瑠花《るか》ちゃんではありませんでした。

瑠花ちゃんも、すごくじょうずだったのにな。

ぜんぶのダンスがおわって、ホールから人が帰っていきます。ぼくもロビーに出て、赤いじゅうたんの上を歩いて出口にむかいました。ロビーは、ダンスに出ていた子どもたちであふれかえって、とても混雑《こんざつ》していました。

ぼくは、たくさんの人たちのあいだを通って、出口にむかおうとしました。

そのとき、ろうかの奥《おく》に、瑠花ちゃんが見えました。

瑠花ちゃんは、かべにもたれてすわりこんでいました。

5 ゲンジツテキな夢《ゆめ》

「瑠花《るか》ちゃん」

ぼくは、瑠花ちゃんに近づいていきました。

「ダンス、すごかったです」っていおうと思ったんです。だけど、瑠花ちゃんは、こっちをむいてくれません。きこえていないのでしょうか。

「瑠花ちゃん」

ぼくは、さっきよりも大きな声で、もう一度《いちど》よびました。

けれども瑠花ちゃんは下をむいたままです。瑠花ちゃんのみつあみだらけの髪《かみ》が、バサバサです。キラキラした服《ふく》は、あせでぬれていました。

やっと顔をあげた瑠花《るか》ちゃんは、ぼくの顔を見ると、パッと手で顔をかくしてしまいました。

なにか、へんです。

「あの、瑠花ちゃん……」

ぼくは、そっと、いいました。

「あの、えっと、えっと、もしかして、泣《な》いているんですか？」

一瞬《いっしゅん》見えた瑠花ちゃんの顔は、なみだでぐちゃぐちゃで、目が真《ま》っ赤《か》でした。

しゃっくりしているみたいに、体がふるえています。

瑠花ちゃんが泣いているのを見たのは、これで二回目です。一回目は、春の遠足のとき、ねんざして山から下りてきたのを見たときです。

「もしかして、えっと、ねんざしたんですか？」

もしねんざだったら、どうしましょう。ばんそうこうじゃなおりません。いま、ばんそうこうはもっていませんけれど。

「あ、そうだ、瑠衣《るい》くんに知らせましょうか？　瑠花《るか》ちゃんがねんざしたって」

「ねんざじゃないからっ！」

瑠花ちゃんが、どなりました。

「あ、あの、あの、それじゃあ、なんで、泣《な》いているんですか？」

「四季《しき》なんかに関係《かんけい》ないでしょっ。だいたい、なんであんたがここにいるの？」

するどい声でいうと、瑠花ちゃんは、ひざに顔をうずめてしまいました。

どうしましょう。どうしたらいいんでしょう。まわりを見まわしても、みんないそがしそうにしていて、瑠花ちゃんに気がつきません。

ぼくは、泣く瑠花ちゃんの横《よこ》にしゃがみました。

「あの、えっと、瑠花《るか》ちゃん、泣《な》きやんでください」

瑠花ちゃんは、ぜんぜん泣きやみませんでした。それどころか、

「むこうに行けっ！」

瑠花ちゃんは、ぶんぶん手をふりまわしました。

だけど……。

「で、でも……」

「うるさいっ」

「でも、でも……」

「どっか行け」

しゃくりあげながら瑠花ちゃんはどなりました。

怒《おこ》っているのに、悲《かな》しいどなり声でした。

ぼくは、考えました。よおく、よおく、考えました。

「あの、えっと、でも……、ぼく、泣いている瑠花ちゃんを、ほうっておけま

せん。瑠花《るか》ちゃん、泣《な》いてて、かわいそうです。だから、ぼく、泣きやんでほしいです」

「ウルサイっ、あんたなんかに、かわいそうがられたくないんだよっ」

「えっと、えっと……」

ぼくは、思っていることをがんばっていいました。

「えっと、でも、ぼく、泣いてほしくないです……」

「あんたなんかに、わたしの気持《きも》ち、わからないくせにっ！」

瑠花ちゃんは銀色《ぎんいろ》の服《ふく》で、なみだをごしごしこすって、ズズズーっと鼻水《はなみず》をすすりました。

瑠花ちゃんの気持ち……。

どんな気持ちでしょうか。ぜんぶはわかりませんけど、泣いている瑠花ちゃんを見るのは、悲《かな》しいです。

「あの、えっと、瑠花ちゃん、泣きやんでください」

「どっか行けっていってるでしょ！」

「瑠花《るか》ちゃん……」

「ウルサイ、だまれ！」

「でも、えっと、泣《な》かないでください」

「えっと、えっと……、元気になってください」

「えっと、えっと、あの……」

瑠花ちゃんは、なにもいわなくなりました。体育《たいいく》ずわりでちぢこまったまま、ズズズーっと鼻《はな》をすする音だけがきこえてきます。

ぼくは、まちました。

ずっと、まちました。

だいぶたって、瑠花ちゃんが、ポツリといいました。

「あんたなんかに、わたしの気持《きも》ち、わかるわけないけど……」

瑠花ちゃんは、かべのほうをむいてしゃべりだしました。ちょっとだけ見えたほっぺたが真《ま》っ赤《か》で、なみだにぬれていました。

「あんたなんかにいっても、ぜったい、わからないと思うけど……」

瑠花《るか》ちゃんは、ぽつりぽつりと話しました。

「わたし、このダンスコンテストにかけてたんだ」

「かけてた？」

「勝《か》つつもりだったってこと、わかるでしょ？」

「えーっと、は……い」

首をかしげるぼくに、瑠花ちゃんはため息《いき》をつきました。

「それなのに、また、瑠衣《るい》をぬかせなかった……。それどころか、三位《い》にもなれなかった。二位の六年の男の子は、たしかにすごかった。三位の女の子も、うまかった……」

瑠花ちゃんの声が、かすれて、ふるえました。

「年下のくせに」

ぼくは、瑠《る》花《か》ちゃんの話を、しっかりききました。そして、いいました。

「えっと……、瑠花ちゃんは、ダンスに負《ま》けて……、それでくやしいんですね。えっと、だから、泣《な》いていたんですね」

「ちがう！」

瑠花ちゃんがふりかえりました。とてもこわい顔をしています。

「わたし、がんばったもん。練習《れんしゅう》だって、すごくがんばったもん。むずかしいターンだってステップだって、何度《なんど》も、何度も、必死《ひっし》に練習してがんばったもん！　だから、くやしくなんかない！」

「あ、あの、ごめんね。くやしくないんですね……、ごめんね」

ぼくはあやまりました。だけど瑠花ちゃんは、また泣きだしてしまいました。

瑠花ちゃんの気持《きも》ち、むずかしいです。

だけど……、瑠花ちゃんが、ダンスをとてもだいじに思っているっていうことはかんじました。

瑠花《るか》ちゃんは、泣《な》いてしまうくらい、ダンスに一生けんめいなんですね。

「瑠衣《るい》には、ずっとかなわなかったけど……、年下にぬかされたことだけは、いままで一度《いちど》もなかったのに」

瑠花ちゃんは、ひざに顔をうずめてどなりました。

「あの、はい……」

「テクニックじゃ、負《ま》けていなかったのに」

「えっと、はい……」

「これから、ああいう、うまい子たちが、どんどん下から出てくるのかな」

「はい……」

「いったい、どこまで練習《れんしゅう》すればいいんだろう……」

「はい……」

「四季《しき》なんかに、わたしの気持《きも》ち、ぜったいわからないだろうけど」

「はい……」

瑠花《るか》ちゃんが、顔をがばりとあげて、どなりました。

「はいはい、ばっかりいうな！」

「はっ、……ごめんね」

「ごめんねもいうな！」

ぼくはあわてて口をおさえました。

ぼくは、瑠花ちゃんになにをいったらいいのでしょう。

「あんたなんか、なんにもできないくせに。こんなことだって、できないでしょ！」

とつぜん、瑠花ちゃんが立ちあがって、その場でクルリと回って、すばやく足を動《うご》かしました。

「ダンスの基本《きほん》のステップだよ、あんたにできる？」

「えーっと……、できません」

それから瑠花ちゃんは、手や足をまげたり、体をひねったり、クルクル回っておどりだしました。

ぼくは、クルクルおどる瑠花《るか》ちゃんを、じっと見ました。

おどる瑠花ちゃんは、とてもきれいで、とてもすごかったです。

おどりおわった瑠花ちゃんは、ふーっと息《いき》をはきました。

「瑠花ちゃん、すごいです！」

瑠花《るか》ちゃんは「あたりまえでしょ」といって、ぼくをにらみました。

「四季《しき》」

「はい」

「おどりたくなった？」

瑠花ちゃんがききました。

「えっ……？」

「だから、わたしのダンスを見て、おどりたくなったかって、きいてんの」

「あ、えーっと、はい」

「ほんとうに？」

「はい」

瑠花ちゃんみたいにおどれたら、すごくかっこいいなと、ぼくはほんとうに思いました。

「ワクワクした？」

「えっと、はい」

「感動《かんどう》した？」

「えっと、はい」

ぼくは、思いきっていいました。

「瑠花《るか》ちゃん、あの、ぼくも、ダンスがすきなんです。えっと、あの、ぼくも『たんぽぽスクール』でおどっているんです。『ポケット・ロボスター』の曲《きょく》で、おどっているんです。ダンスって、楽しいです」

瑠花ちゃんは、ぼくをにらんでいた目を、ふっとそらしました。

「ダンスの先生がいってたんだ。見てる人がおどりだしたくなるような、熱《あつ》いダンスをおどれって。最高《さいこう》のダンスは、人の心をワクワクさせたり、感動させたりするんだって。そのためには、テクニックをしっかり身《み》につけて、心をこめておどれって。そして、心をひきつけるパフォーマンスをしなきゃいけないって」

「えーっと……」

瑠花《るか》ちゃんのいっていること、ちょっとむずかしくて、わかりません。

ぼくは、なんて返事《へんじ》をしたらいいんでしょう。

瑠花ちゃんが、また、ぼくの顔をじっと見つめました。

「わたしがやりたいのは、そういう真剣《しんけん》なダンスなの。『たんぽぽスクール』でおどってるような、お気楽な、あそびのダンスなんかとはちがうの」

真剣なダンス？

あそびのダンス？

「わたしは、世界一《せかいいち》のダンサーになりたいの」

「……世界一の、ダンサー？」

瑠花ちゃんの目がギラリと光りました。

「そうよ、わたしは、瑠衣《るい》にも負《ま》けないダンサーになって、世界にはばたいて、ダンスで世界中の人を感動《かんどう》させてやるんだから」

「えーっと……、えっと、すごいですね……」

「そうよ！　四季《しき》なんかには、ぜったいできないだろうけど、わたしの将来《しょうらい》の夢《ゆめ》はすごいんだから。あんたにはある？　将来の夢」

「えーっと、えっと……、将来の夢ですか？」

「そうよ、おとなになったらやりたいことよ」

ぼくは考えました。

おとなになったら、やりたいこと。

えっと、えっと、あ、ありました。さっき、ましろちゃんと、アンナちゃんときめたことです。

空をとぶこと、です。

ましろちゃんは「魔法《まほう》のマント」で、ぼくは「ロボ・コプター」で、アンナちゃんは「気球《ききゅう》」で空をゆったりとぶことです。

ぼくは、瑠花《るか》ちゃんにいいました。

「あの、えっと、あの……、ぼく、おとなになったら『ポケット・ロボスター』の『ロボ・コプター』で空をとびたいです」

するとこ、きゅうに瑠花《るか》ちゃんは、ものすごく怒《おこ》った顔でどなりました。

「あんた、わたしのことバカにしてんの？」

瑠花ちゃんの目がらんらんと光っています。

ものすごく怒っています。

「それはアニメの世界《せかい》の話でしょ、ちゃんとまじめにこたえてよ！」

えっと、あの、ぼく、ちゃんとまじめにこたえました……。

「あ、あの……、えっと、ぼく……、バカにしていません。ぼく、まじめです。瑠花ちゃん、ぼく、ほんとうに『ロボ・コプター』で、空をとびたいです」

瑠花ちゃんが、ギロリとぼくをにらみました。

「あのねえ、四季《しき》、将来《しょうらい》の夢《ゆめ》っていうのはね、そんなねがいごとみたいなものじゃないの。もっと、現実的《げんじつてき》にかなえたいものなの！」

「ゲンジツテキに……、かなえたいもの……？」

「そうよ！　世界的《せかいてき》なダンサーになって、世界のステージでおどりたいとか、そのためには、世界大会に出場したいとか、ダンスの強い学校に行きたいとか、ダンスコンテストで優勝《ゆうしょう》したいとか、そういう現実的《げんじつてき》なことをきいてるの！

『ロボ・コプター』なんかじゃなくて！」

「えっと、えっと……、それなら……」

瑠花《るか》ちゃんがうで組みしていいました。

「いってみな」

「えっと、あの、えっと……」

将来《しょうらい》の夢《ゆめ》。

おとなになったら、やりたいこと。

ゲンジツテキに、かなえたいこと。

ぼくの口から、ことばが出ました。

考えなくても、出ました。

「ぼく、字が、じょうずになりたいです」

「えっと、計算も、ちゃんとできるようになりたいです」

「それと、えっと、足も、はやくなりたいです」

「それと、えっと、おいしいごはんも、毎日食べたいです」

「それと、えっと、おとうさんとおかあさんに、いろいろなことをしたいです。ぼく、いつも助《たす》けてもらってばかりだから……」

瑠花《るか》ちゃんが、ぼくのことをじっと見ています。

「それに、ダンスも、かっこよく、おどれるようになりたいです」

「それに、えっと、ぼく、みんなみたいに、いろいろなことが、ちゃんとできるようになりたいです」

「それに、えっと、えっと、みんなと、ずっと仲《なか》よしでいたいです。六年生になっても、えっと、えっと……、中学生になっても、えっと、それから……、おとなになっても、おじいちゃんになっても、ずっと……」

瑠花《るか》ちゃんが、だまったまま、ぼくのことをじっと見つめています。

どうしましょう。まだ怒《おこ》っているのでしょうか。

「えっと、だから、あの、ぼく、いろいろ苦手《にがて》ですけれど、勉強《べんきょう》も体育《たいいく》も、がんばって、いろいろ、いっぱいがんばります。それで……、それで、えーっと、えーっと――」

なにをいいたかったのか、わからなくなってきました。

「あんた、いったいいくつ夢《ゆめ》があんのよ」

瑠花ちゃんが、つぶやきました。

「それに、字がじょうずになりたいなんて、ほんとうにそんなことが、将来《しょうらい》の現実的《げんじつてき》な夢なの？」

「はい」

「計算だって、そんなもの計算機《き》でやりゃいいじゃない」

「え……」

「それに、あんたがはやく走るなんて、ムリでしょ」

「え……」

「ほかの夢《ゆめ》も、ぜんぶふつうすぎる」

「えっと、あの……」

「だいたい、みんなとずっと仲《なか》よしでいるなんて、ありえない。おとなになったら、みんなバラバラになるにきまってるじゃないの」

「え？」

ズキンと、むねが、いたくなりました。

そうなんですか、おとなになったら、みんな、バラバラになるんですか？

「でも、でも、ぼく、みんなとずっと仲よしでいたいです。えっと、えっと、だって……、ぼくたちが会えたのは、キセキ、ですから」

瑠花《るか》ちゃんの赤い目が、ふっと大きくひらきました。もうなみだはかわいているのに、目がきらりと光って、ゆれています。

「……あんたって、どこまで気楽なの。わたし、もう行く。こんなところで立ちどまってるひまなんかないから。ダンスの練習《れんしゅう》しなくちゃ――」

瑠花《るか》ちゃんは、一歩、二歩、三歩歩いて、すばやくふりむきました。

「四季《しき》！　夢《ゆめ》っていうのは、そんなにかんたんにかなうもんじゃないんだからねっ！　あんたのその夢ぜんぶ、ほんとうにかなえるつもりなら、ものすごく、ものすごく、努力《どりょく》してがんばらないといけないんだからね！　現実的《げんじつてき》に！」

とても大きな声でした。ぼくは、つられて大きな声でいいました。

「はいっ、ぼく、ぼく、がんばります！」

瑠花ちゃんは、ぎゅっとぼくを見ると、パッと走っていってしまいました。

ぼくは、人が少なくなったロビーを通って出口にむかいました。大きなとびらをおして建物《たてもの》の外に出ると、夕方になりかけた、うすい青空が見えました。

昼間よりもつめたい空気が、口と鼻《はな》にはいってきて、ツンとしました。

ぼくはまた歩いて、ふたまた道のところへもどってきました。

小学校と「たんぽぽスクール」のあいだにいるおじぞうさまに、また会いました。ぼくはまた、おじぞうさまに「なむなむ」と、おいのりをしました。

目をつむっているあいだ、今日会ったみんなのことを思いだしました。

太田《おおた》先生、晶《あきら》くん、一秋《かずあき》くん、ましろちゃん、アンナちゃん、瑠花《るか》ちゃん。

ぼくは、みんなのことを思って、おじぞうさまにおいのりしました。

ぼくたち、みんなの、未来《みらい》の夢《ゆめ》がかないますようにって。

たぶん、十秒《びょう》より長く、おいのりしました。

6　友だち

おじぞうさまにおいのりをすると、ぼくはまた、道を歩いていきました。

木も、川も、家も、丘町《おかまち》の景色《けしき》が、ちょっとずつ暗《くら》くなっていきます。

春のさんぽも、もうすぐおわりです。

空がうすい紺色《こんいろ》になってきて、空気もうすい青色っぽくなってきました。もう、ちょうちょはとんでいません。きっと、家に帰ったんでしょう。

ビューッと、強い風がふきました。

空からなにかが、くるくるまわりながら落《お》ちてきました。

さくらの花です。

くるくると、空の階段《かいだん》をおりてきたみたいです。

さくらの花は、ぼくのくつの上にポッと、落《お》ちました。

ピンク色のきれいな花びらでした。どこもやぶれたり、茶色くなったりしていません。ぼくは、さくらの花をひろって、つぶさないように、手のひらにつつみました。そして、ゆっくり家に帰りました。

家に帰って玄関《げんかん》をあけると、いいにおいがしました。

春のにおいじゃない、あまいにおいです。

「ただいま、誕生日《たんじょうび》ケーキですね！」

「おかえり、かずちゃん」

台所《だいどころ》で、おかあさんがケーキを焼《や》いていました。ぶあついスポンジに、白いクリームをぬっています。きれいなピカピカのいちごもあります。ビスケットや、カラフルなチョコチップもあります。

「ケーキは、ごはんのあとよ」

「はい、えっと、おかあさん、ぼく、今日、すごくたくさんあそんだんです」

「あら、春のさんぽ、楽しかったみたいね」

「はいっ！」

夕ごはんはいつもより豪華《ごうか》でした。夕ごはんのあとは、おとうさんと、おかあさんといっしょに、クリームたっぷりの誕生日《たんじょうび》ケーキを食べました。部屋《へや》を暗《くら》くして、ハッピーバースデーの歌をうたってもらって、「お誕生日おめでとう」っていってもらって、十一本のろうそくを「ふー」って、ふきけしました。

プレゼントは、「ポケット・ロボスター」のおもちゃと、本と、新しいペンセットをもらいました。

とてもうれしかったです。

おとうさんも、おかあさんも、ずっとニコニコ笑《わら》っていました。写真《しゃしん》もいっぱいとりました。

ぼくはいま、三切れめのケーキを食べています。

「あの、えっと、おとうさん、おかあさん、ぼく、今日、春のさんぽをして、たくさんの友だちに会ったんです」

「だれに会ったんだ？」

おとうさんが、ききました。

「えっと、さいしょに、学校で、太田《おおた》先生に会いました」

「おお、和也《かずや》が大すきな太田先生だな」

「はい、太田先生、職員室《しょくいんしつ》でつくえをきれいにしていました。それで、えっと、つぎに、校庭《こうてい》で、晶《あきら》くんと、一秋《かずあき》くんに会って……」

おかあさんが「あら」と、いいました。

「一秋くんって、参観日《さんかんび》の日にあった子ね」

「はい、そうです。それで、えっと、いっしょにサッカーをしました」

ぼくは、今日あったことを、頭のなかで順番《じゅんばん》に思いだそうとしました。

「サッカーは楽しかったか？」

「はい、とても楽しかったです。校庭《こうてい》がキラキラしていました。えっと……、晶《あきら》くんが、星のかけらのお話をしてくれました。それで、えっと、つぎに……、バス停《てい》のところで、ましろちゃんと、アンナちゃんに会いました」

「まあ、ましろちゃんにも会えたの？」

「はい、えっと『スマイル・リップ』のことを、いろいろ教えてくれました」

「ましろちゃん、一年生のときからずっと同じクラスよね。かずちゃんのこと、いろいろ助《たす》けてくれて、おせわになっているわよね」

「はい、えっと、いまもいっぱい助けてくれます」

「やさしい友だちだな」

おとうさんが、いいました。

「はい、ましろちゃん、とてもやさしい友だちです。それに、アンナちゃんも勉強《べんきょう》を教えてくれます。それに、晶くんもやさしい友だちです。それに、一秋《かずあき》くんもやさしくなりました。それに、えっと、えっと、瑠花《るか》ちゃんにも会いました」

「ああ、あのダンスのうまい子ね」

「はい、とてもうまかったです。瑠花《るか》ちゃん、ぼくにダンスを見せてくれました。瑠花ちゃんは、とても、ダンスをがんばっているんです」

「まあ、すごいわね」

「はい、すごいんです。瑠花ちゃんは、ゲンジツテキな夢《ゆめ》ももっているんです」

おとうさんが、ぼくの頭をくしゃくしゃとなでました。

「春休みなのに、そんなにいっぱいの友だちに会えて、よかったなあ、和也《かずや》」

「はい、よかったです。それに、えっと、えーっと、すごく楽しかったです」

「晶《あきら》くんと、一秋《かずあき》くんと、ましろちゃんと、アンナちゃんと、瑠花ちゃんだっけ？」

「えっと、はい」

「和也には、いっぱい友だちがいるんだなあ。子ども時代《じだい》の友だちは、子ども時代《じだい》にしかできない大切な宝物《たからもの》だぞ」

ぼくは、大きくうなずきました。

「はい。みんな、みんな、ぼくの大切な友だちです。ぼく、おとなになっても、おじいちゃんになっても、ずっと、みんなと仲《なか》よしでいたいです」

「そうね、ずっと、仲よしでいられるといいわね……」

「はい、ぼくの、ゲンジツテキな夢《ゆめ》です」

「現実的《げんじつてき》な夢……？」

「和也《かずや》の現実的な夢って、なんだ？」

「えっと、あの……、みんなと、ずっと仲よしでいることです。それと、字をじょうずに書けるようになることと、計算がちゃんとできるようになることと、えっと、いろいろいっぱいあるんです……。あ、ダンスもじょうずになりたいです。あの、えっと……、瑠花《るか》ちゃんがいってたんです。ぼくのゲンジツテキな夢を、ぜんぶほんとうにかなえたかったから、ものすごく、ものすごく、努《ど》力《りょく》してがんばらないといけないって、ゲンジツテキにって」

おとうさんと、おかあさんが、ちょっとおどろいた顔でぼくを見ました。

「えっと、あの……、だから、ぼく、いっぱいがんばります。ゲンジツテキな夢《ゆめ》をかなえるためにがんばります。勉強《べんきょう》も、運動《うんどう》も、ダンスも、もっとがんばって、それで、それで、みんなと、ずっと仲《なか》よしでいます」

ぼくがそういうと、おかあさんは、なぜか泣《な》きそうな顔になりました。

おとうさんは、ぼくとおかあさんのかたに手をおいて、いいました。

「そうだな。勉強も、運動も、ダンスも、和也《かずや》なりに、ひとつひとつ、がんばっていこうな。努力《どりょく》すれば、できることは、ぜったいにふえる。友だちとも、ずっと仲よしでいられるさ。和也が、がんばって、みんなのことを大切にしつづければな」

「はいっ」

ぼくは、ぐっとせすじをのばして返事《へんじ》をしました。

それから、ひさしぶりにむかしのアルバムを出して、おとうさんと、おかあさんといっしょに見ました。

小さいときのぼくは、なんだかおまんじゅうみたいでした。

むかしの写真《しゃしん》を見て、ぼくと、おとうさんと、おかあさんは、いろいろなことを話しました。

「これは、かずちゃんが、はじめて歩いたときの写真よ。二歳半《さいはん》だったわ」

「えっと、あの、ぼく、おぼえていません」

「おまんじゅうみたいで、とてもかわいかったぞ～」

おとうさんが、うれしそうに笑《わら》いました。

ほかにも幼稚園《ようちえん》のときの写真や、「たんぽぽスクール」の写真、小学校の一、二年生のときの写真もありました。小さいときのぼくは、ほかの子たちが走ったり、ポーズをきめたりしているときでも、すわったままの写真や、ねころんでいる写真ばかりでした。

「なんか、あの、えっと……、ぼく、ほかの人とちがいますね」

そういうと、おかあさんがいいました。

「かずちゃんはね、赤ちゃんのときから、いろいろなことがみんなよりゆっくりだったの。立つのも、歩くのも。でも、それはべつに悪《わる》いことじゃないのよ」

「はい……」

「なんていうかね、かずちゃんは、『ゆっくり』っていう個性《こせい》をもって生まれた子なのよ」

「コセイ？」

「個性っていうのは、性格《せいかく》のことよ。おもしろいとか、お気楽とか、ねばり強いとか、あまえんぼうとか、そういうもの」

そうなんですか。

ゆっくりって、コセイなんですね。

「ゆっくりはいいぞ」

おとうさんがいいました。

「ゆっくり生きると、それだけゆたかな人生をおくれると、おとうさんは思う」

「は、はい」

「でも、ゆっくりでも、がんばらなきゃいけないことは、がんばらなきゃいけないぞ。きっと和也《かずや》は、これから、もっと努力《どりょく》が必要《ひつよう》になってくるはずだから」

「は、はい」

「でも、だからこそ……、みんなで、ゆっくり、がんばりながら、ゆたかに生きよう。おとうさんも、おかあさんも、和也も、せっかく生まれたんだから」

「はいっ！」

おとうさんは、きっと、大切なことをいっているんだと思いました。だから、わすれないようにしようと思いました。

十一年前の今日、ぼくは、生まれました。

そして、いま、ここにいます。

そして、えっと、ぼくは、気がつきました。

みんなも、きっと、そうなんだって、ことに。

ましろちゃんも、アンナちゃんも、一秋《かずあき》くんも、晶《あきら》くんも、瑠花《るか》ちゃんも、
みんな十一年前に生まれて、そして、きっと、十一年のあいだ、みんなにも、
いろいろなことがあって、そして、ぼくたちは出会ったんです。

えっと、でも。

もしも、もしも、十一年前に、生まれていなかったら……。

ぼくは、ましろちゃんに会えませんでした。アンナちゃんにも、一秋くんに
も、晶くんにも、瑠花ちゃんにも会えませんでした。

いっしょに遠足に行ったり、いっしょに水泳《すいえい》教室に行ったり、運動会《うんどうかい》でリレーを走ったり、図工の絵をかいたりすることもありませんでした。

いっしょにサッカーをすることも、いっしょに『ポケット・ロボスター』や、『スマイル・リップ』の話をすることも、すごいダンスを見せてもらうことも

ありませんでした。
みんなにやさしくしてもらうことも、ありませんでした。
そんなふうに考えたら、こわくて、ふしぎで、泣《な》きそうになりました。
だけど……。
ぼくはちゃんと、ここに生まれて、みんなに会えました。
ぼくは、生まれたから、みんなに会えました。
そして、これからも、ぼくたちの未来《みらい》は、ずっとつづいていくんです。

7 十歳《さい》がおわる日

ぼくは、つくえの上にならべたものを見ています。
新しいうわばき。
新しい給食《きゅうしょく》ぶくろ。
新しい連絡帳《れんらくちょう》。
新しいえんぴつ。
新しいペンセット。
ぜんぶ、名前を書いています。
「ポケット・ロボスター」のおもちゃと本。

それから、校庭《こうてい》でひろった、キラキラ光る石。
星のかけらの、ダイヤモンドです。
それと、黄色いたんぽぽと、綿毛《わたげ》のたんぽぽ。
おかあさんが出してくれた花びんにかざりました。
そして、空からふってきたピンク色のさくらの花。
においをかいだら、ゆたかな春のにおいがしました。

三月三十一日。
ぼくの十一歳《さい》が、今日から、はじまります！

連絡帳

今日はこの町をパトロールしようっと♪
★おまけマンガ★
和也くんのスマイル・リップ劇場《げきじょう》
みんなのねがいごと
あ!!
リップちゃんが飛《と》んでる!!!
ふわ~
うそ
えっ!?
?
ほんとです! リップちゃんです!
本物《ほんもの》のリップちゃんだーっ!!
よんだかしら?
サインくださいっ!
ミラーこんにちは! かわいいですね
コンニチハ
ひらり
ハイドーゾ
ドキ
リップ
感激《かんげき》~っ あたし達《たち》リップちゃんの大《だい》ファンなんです!
まあ! そうなの?
じゃあトクベツ! あなたたちの願《ねが》いごとひとつ魔《ま》法《ほう》で叶《かな》えてあげる!
ほんとー? うれしい~
ひとつだけだからしんちょうに…!
すっげーのにしようぜ! 100億《おく》ゲットとか!
すごい… 魔法《ほう》が見られるんだ…!
ポッ! ぼくみんなで空《そら》とびたいな…
オッケー!! 空《そら》ね!
えっ!?

わーっ!!!
スマイルリップ リップルル～
スマイルスマイル リップルル～♪
みんな、いつまでも仲《なか》よくね…
1巻から 5巻まで 表紙をつなげて みてごらん すてきなパーティーが 見られるよ!
おわり☆

著者略歴

作◎井上林子 いのうえ りんこ
兵庫県生まれ。梅花女子大学児童文学科卒業後、会社勤務をへて、日本児童教育専門学校の夜間コースで学ぶ。絵本作品に『あたしいいこなの』(岩崎書店)、児童文学作品に、第40回児童文芸新人賞受賞作の『宇宙のはてから宝物』(こみねゆら絵、文研出版)、『3人のパパとぼくたちの夏』(宮尾和孝絵、講談社)、『ラブ・ウール100%』(のだよしこ絵、フレーベル館)、『2分の1成人式』(新井陽次郎絵、講談社)、『マルゲリータのまるちゃん』(かわかみたかこ絵、講談社)、『なないろランドのたからもの』(山西ゲンイチ絵、講談社)などがある。

絵◎イシヤマアズサ
大阪府生まれ。書籍の装画や日常のエッセイコミック、おいしい食べ物のイラストを制作。著書に『真夜中ごはん』『つまみぐい弁当』(いずれも宙出版)、『なつかしごはん　大阪ワンダーランド商店街』(KADOKAWA)、装画に『ゆきうさぎのお品書き　8月花火と氷いちご』(小湊悠貴著、集英社)など多数。

装丁・本文フォーマット◎藤田知子

11歳《さい》のバースデー
ぼくたちのみらい　3月31日四季和也

2017年2月12日　初版第1刷発行
2022年5月14日　初版第4刷発行

作◎井上林子
絵◎イシヤマアズサ
発行人◎志村直人
発行所◎株式会社くもん出版
〒141-8488 東京都品川区東五反田2-10-2 東五反田スクエア11F
電話　03-6836-0301(代表)
03-6836-0317(編集直通)
03-6836-0305(営業直通)
ホームページアドレス　https://www.kumonshuppan.com/
印刷◎株式会社精興社

NDC913・くもん出版・136P・20cm・2017年・ISBN978-4-7743-2543-9

CD 34580